DIE VOLLMONDLEGENDE

DIE VOLLMONDLEGENDE

ERZÄHLT VON

MICHAEL ENDE

MIT BILDERN VON

BINETTE SCHROEDER

WEITBRECHT

FÜR DAS WAHRHEITSKIND

Vor vielen hundert Jahren, als die Menschen noch wußten, daß es Engel und Dämonen gibt, lebte in einem wilden Gebirgstal mitten im Wald ein frommer Einsiedler. In seiner Jugend war er einmal sterblich verliebt gewesen, und zwar in eine junge Dame, die allgemein als das Muster von Tugend und Schönheit galt. Sie hatten sich ewige Liebe und Treue geschworen, doch einen Tag vor der Hochzeit hatte sie ihre heiligen Eide gebrochen und war mit einem anderen auf und davon gegangen.

Vielleicht hing das damit zusammen, daß sein Vater, ein bis dahin reicher und angesehener Kaufmann, durch einen Sturm all seine Schiffe verloren hatte und von einem Tag auf den anderen zum Bettler geworden war. Jedenfalls waren es diese beiden Ereignisse, die in dem Jüngling die Überzeugung befestigten, daß alle irdischen Dinge nichts als Schein und Trug seien. Er zog sich von der Welt zurück und wandte sich ganz dem Studium heiliger Bücher zu.

Viele Jahre lang saß er lesend und grübelnd über den Schriften des Augustinus und des Hieronymus, des Dionysius und des Albertus, den man den Großen nennt. Und als er schließlich sogar sämtliche Werke des Thomas von Aquin durchstudiert hatte (wer sie kennt, wird den Eifer des Jünglings bewundern), da stieß er endlich auch auf die Beschreibung der Todesstunde dieses Heiligen und auf dessen letztes Wort, daß all seine Bücher in Wahrheit nichts als leergedroschenes Stroh enthielten.

Ein Schauder erfaßte den jungen Mann. Ihm war, als ob die Erde sich unter ihm auftäte und ein eisiger Windhauch aus dem Abgrund sein Herzblut zu Eis erstarren ließe. Noch zur selben Stunde, mitten in der Nacht, verließ er für immer seine Studierstube und seine Bücher und ging davon.

Lange Zeit irrte er ohne Ziel in der Welt umher, bis er zuletzt in jenes abgelegene Gebirgstal geriet und mitten im Wald eine Felsenhöhle entdeckte. In ihr legte er sich zum Schlaf nieder und träumte von einem Feuerwirbel, aus dem eine Stimme zu ihm sprach: »Bleibe hier, denn hier will ich dir begegnen!« So war er geblieben und hatte gewartet.

Wie lange das alles schon her war, wußte er selbst nicht mehr, denn sein Geist war nun ganz der Ewigkeit zugewandt. Sein irdischer Leib, inzwischen alt und ausgezehrt, nahm die Tage und Nächte, die wie ein unablässiges Spiel von Licht und Schatten über ihn hingingen, kaum noch wahr. Seine Haare und sein Bart waren weiß und so lang, daß sie ihn wie ein Mantel einhüllten. Nur selten ging er im Wald umher, um Beeren und andere wilde Früchte, Kräuter und Wurzeln zu sammeln, die ihm als Nahrung dienten. Meist saß er im Eingang seiner Felsenhöhle, die Augen geschlossen und in tiefer Versenkung, ohne sich zu regen. Bären kamen und lagerten sich neben ihn, giftige Schlangen ringelten sich in seinem Schoß zusammen, Vögel nisteten in seinem Haar, und Spinnen webten ihre kunstvollen Netze zwischen seinen Beinen – er bemerkte es nicht. Sein Geist weilte in anderen Welten, die so hoch erhaben über der unseren sind, daß man sie mit nichts vergleichen kann, was wir kennen, nicht einmal mit unseren Träumen. Regen fiel auf ihn, Sonnenglut versengte ihn, Sturmwinde peitschten seine Haut, doch nichts vermochte ihn in seiner Zwiesprache mit der Ewigkeit zu stören. Der Friede seiner Seele war so tief, daß sogar die wilden Tiere des Waldes etwas davon fühlten und sich im Umkreis jener Felsenhöhle gegenseitig nichts zuleide taten, sondern harmlos miteinander spielten wie einst im Paradies.

Doch der Einsiedler hatte das Versprechen aus jenem Traum der ersten Nacht nicht vergessen und wartete noch immer auf dessen Einlösung.

Nun wollte es das Schicksal, daß gerade in dieses abgelegene Gebirgstal eines Tages ein anderer Mensch kam, dessen Leben nicht weniger einsam war als das des frommen Eremiten, wenn auch aus ganz anderen Gründen. Es handelte sich da um einen, der aus der menschlichen Gemeinschaft ausgestoßen worden war, einen wilden, rothaarigen Kerl, stark wie ein Ochse und starrköpfig wie ein Esel. Zwar gab es nichts, wovor er Furcht hatte, doch gab es auch nichts, was ihm Ehrfurcht einflößte.

Er hatte einst in seiner Jugend einen anderen jungen Mann, der ihm seine Liebste entehrt hatte, in jähem Zorn erschlagen. Dieser andere junge Mann stammte aus vornehmer Familie, da er selbst aber und sein Mädchen durchaus geringer Herkunft waren, hatten die Richter ihm keinen Anspruch auf Stolz und Ehre zugestanden. Er sollte aufs Rad geflochten werden. Doch war es ihm gelungen, in der Nacht vor seiner Hinrichtung in die Wälder zu fliehen.

Dort hatte er sich zunächst einer Räuberbande angeschlossen, die sich aus ähnlichen Vogelfreien zusammensetzte. Mit ihnen zusammen stahl er goldene Kelche und silberne Räucherbecken aus Kirchen, plünderte reisende Kaufleute aus, steckte Klöster in Brand und nahm sich alle Weiber, die ihm gefielen, ohne sich darum zu kümmern, ob es adelige Damen oder Bauernmädchen, Nonnen oder Zigeunerinnen waren. Er lernte, gotteslästerlich zu fluchen und zu saufen und im übrigen den lieben Gott einen guten Mann sein zu lassen.

Wenn sie Beute gemacht hatten, so wurde gewöhnlich um den Anteil, der jedem von ihnen zufiel, gewürfelt. Er, unser Held, hatte dabei immer alles verloren, denn er war selber nicht falsch und merkte deshalb nicht die Falschheit der anderen, die ihn nach Strich und Faden betrogen. Aber schließlich bemerkte er sie doch, und da wurde er noch einmal zornig und gab dem Betrüger, der ihm ins Gesicht lachte, eine derartige Maulschelle, daß der von Stund an ohne Unterlaß die Engel singen hörte.

Unglücklicherweise handelte es sich dabei ausgerechnet um den Räuberhauptmann, und der legte nicht den geringsten Wert auf das himmlische Konzert. Er befahl, den Übeltäter unverzüglich an den nächsten Baum zu knüpfen, denn Disziplin muß sein, auch in einer Bande von Galgenvögeln. Die ganze Mannschaft warf sich auf den Verurteilten, doch dem gelang es, abermals zu entfliehen, allerdings erst, nachdem er einem Kumpan den Arm gebrochen und einem anderen den Kopf auf den Rücken gedreht hatte.

Von da an hielt er sich allein und mied die Nähe von Menschen, denn jetzt waren sie alle hinter ihm her, diejenigen, die auf der Seite von Recht und Ordnung standen, und diejenigen, die dagegen waren. Er räuberte nun auf eigene Faust, doch da es ihm nicht mehr darum zu tun war, Reichtümer aufzuhäufen, die ihm ja in der Wildnis nichts nützen konnten, nahm er nur, was er zum Leben brauchte. Einen wandernden Handwerksburschen zwang er grob, die Stiefel auszuziehen, einem Fuhrknecht nahm er die ledernen Hosen und einem Pfaffen den Hut. Ab und zu brach er nachts in einer Dorfschenke ein, um sich eine Flasche Schnaps oder ein Fäßchen Bier zu besorgen. Danach lag er einen Tag lang in einem Windbruch zwischen den Wurzeln und fühlte sich wohler, sang und lachte vor sich hin. Denn Sprechen hatte er nach und nach fast verlernt, aber er verstand nun die Schreie der Vögel und der anderen Tiere und wußte sie täuschend nachzuahmen. Die einzigen Waffen, die er besaß, waren ein Messer, ein starker Bogen aus Eschenholz, den er selbst geschnitzt hatte, und ein paar Pfeile. Damit jagte er, was er zum Essen brauchte. Das Wasser soff er aus den Gebirgsbächen auf allen vieren wie ein Tier, und das Fleisch des erlegten Wildes verschlang er meist roh. Nur selten nahm er sich die Zeit, mit zwei trockenen Holzstücken Feuer zu reiben. Er wollte vermeiden, die Spuren einer Feuerstelle zu hinterlassen, denn er war sich nicht sicher, ob sie noch immer nach ihm suchten oder nicht. Eine innere Unruhe trieb ihn, ständig seinen Aufenthaltsort zu wechseln.

Niemand hatte ihm je zuvor gesagt, daß auch er eine unsterbliche Seele habe, für deren Zustand ihn dermaleinst der Schöpfer zur Rechenschaft ziehen würde, und von selbst kam sein verwilderter Kopf nicht auf solche Gedanken. Indessen hatte das Schicksal nun einmal bestimmt, daß sich das ändern sollte, und so war es unvermeidlich, daß der Räuber in jenes abgelegene Bergtal geriet, in dem die Höhle des Eremiten lag.

Es war gegen Abend zu der Stunde, da die Tiere des Waldes aus dem Dickicht treten, um zu äsen. Der Räuber hatte ein junges Reh aufgestöbert und verfolgte es. Er war ein schneller und unermüdlicher Läufer und kam seiner Beute immer näher. Da plötzlich blieb das Tier stehen und blickte ihm entgegen. Er legte einen Pfeil auf die Sehne seines Bogens und pirschte sich an, um besser zu Schuß kommen zu können. Es wunderte ihn nur, daß das Tier nicht zitterte und nicht einmal heftig atmete. Es wirkte weder ängstlich noch erschöpft, sah ihn nur aufmerksam aus großen Augen an – und er brachte es nicht über sich, den Pfeil abzuschicken.

Er richtete sich auf, kratzte sich das verfilzte rote Haargestrüpp auf seinem Kopf und brummte: »Gottverdammich!« Dann zog er sein Messer und ging auf das Reh zu. Doch auch jetzt floh es nicht, nicht einmal, als er vor ihm stand und die Hand nach ihm ausstreckte. Statt zurückzuschrecken, ließ es sich von ihm den Hals tätscheln. Und er hatte schon lange niemand mehr den Hals getätschelt, schon gar nicht einem Tier.

Mit ratlosen Augen blickte er in der Gegend umher, und da sah er den Höhleneingang und in ihm die Gestalt des Einsiedlers sitzen, nur Haut und Knochen, umhüllt von weißem Haar, die Augen geschlossen und auf den Lippen ein Lächeln, das nicht von dieser Welt war.

Der Räuber trat vor den Alten hin und schaute ihn lange an, ohne im mindesten zu begreifen, mit wem oder was zum Teufel er es hier zu tun hatte. Er bückte sich zu ihm herunter und sagte mit rauher Stimme: »He! Kerlchen! Bist du ein Mensch oder was?«

Der Eremit hörte ihn nicht und fuhr fort, zu lächeln.

Der Räuber stieß ihn mit dem Fuß an und sagte lauter: »Du, hör mal zu, Klappergestell! Gib Antwort!«

Aber noch immer regte sich der Alte nicht. Sein Atem ging jedoch ruhig und tief, also war er nicht tot. Der Räuber hob die Faust, um ihn durch einen ordentlichen Puff zu wecken, aber nachdem er eine Weile so gestanden hatte, ließ er die Hand wieder sinken. Ihm war plötzlich nicht mehr danach zumute, jemanden zu puffen, und er verstand die Welt nicht mehr.

Während er sich noch wunderte, fühlte er, wie der Stachel in seinem Inneren, der ihn seit so langer Zeit weiter und immer weiter getrieben hatte, nachließ – so plötzlich nachließ, daß der Räuber eine unwiderstehliche, friedvolle Müdigkeit über sich kommen fühlte. Als der Einsiedler einige Stunden später aus jenen erhabenen Welten in seinen armen, zerbrechlichen Erdenkörper zurückkehrte und die Augen aufschlug, sah er im weißen Schein des Vollmonds vor sich auf dem Boden einen wild aussehenden, rothaarigen Mann liegen, der wie ein Kind schlief.

Der Alte fühlte väterliches Wohlwollen für den sonderbaren Flüchtling, den Gott ihm da geschickt hatte, und beschloß, ihn zu seinem Schüler zu machen und in den Angelegenheiten der Ewigkeit zu unterweisen.

Wer weiß warum, aber tatsächlich fand der Räuber Gefallen an dem Einsiedler und an dem, was er von ihm hörte. Immer wieder kehrte er zu der Felsenhöhle zurück, manchmal nach Tagen, manchmal nach Wochen, doch allzu lang blieb er niemals fort. Und der Einsiedler erzählte ihm von den neuen Chören der himmlischen Heerscharen und vom dreifach verschlungenen Geheimnis Gottes, vom Anfang der Schöpfung, deren Mitte und ihrem glorreichen und schrecklichen Ende, vom ewigen Wort, das menschlichen Leib angenommen, getötet wurde und auferstand und so für immer die Pforten der Hölle zerbrochen hat. Und er sprach ihm auch vom Teufel und seinen Scharen und vom Feuer des Abgrunds, in welchem die Seelen der Sünder, die nicht zur Buße bereit gewesen waren, ewige Qualen erdulden mußten. Und

am Ende versäumte der Lehrer es niemals, seinen Schüler zur Reue wegen seines sündhaften Lebens aufzufordern und ihn zu ermahnen, im eifrigen Gebet Gottes Gnade zu erflehen.

Der Räuber hörte staunend zu und nickte hin und wieder mit dem Kopf, als ob er verstanden hätte. Aber

in Wirklichkeit verstand er gar nichts. Gerade deshalb bewunderte er jedoch seinen Lehrer nur um so mehr, der alles das denken und behalten konnte. Er bezweifelte dessen Worte nicht im geringsten, nur für ihn war das alles zu hoch und zu heilig. Er konnte sich nicht genug darüber wundern, daß ein so weiser und vollkommener Mensch sich all die Mühe mit ihm machte, doch war er ihm dankbar dafür, denn dergleichen war ihm noch nie geschehen. Darum respektierte er den Frieden im Umkreis der Einsiedlerhöhle ebenso wie die Tiere. Auch er fühlte sich dort auf wunderbare Weise in Sicherheit. Niemals zuvor hatte er das Gefühl gehabt, irgendwo zu Hause zu sein. Jetzt lernte er es kennen.

Auf seine Art versuchte er, sich dem Lehrer erkenntlich zu zeigen, indem er ihm beispielsweise ein paar Flaschen gestohlenen Meßwein mitbrachte, ein andermal das Gebetbuch eines Wandermönchs oder einen Hochzeitskuchen. Aber jedesmal verwies es ihm der Eremit mit sanftem Tadel und sagte: »Nicht so, lieber Sohn! Versuche nicht, mein Leben zu ändern. Du bist es vielmehr, der sein Leben ändern muß, sonst wirst du eine Beute des Satans werden. Wenn du mir wahrhaftig Freude machen möchtest, dann tu es, indem du dich zur Lehre des Heils bekehrst und dich wegen deiner bisherigen Sünden zerknirschst. Widme dich ganz dem Gebet, töte dein Fleisch ab und übe dich in der geistigen Versenkung! Vielleicht kann ich dich dann eines Tages in jene erhabenen Welten mit mir nehmen, von denen ich dir erzählt habe. Aber erst mußt du Buße tun.«

Der Räuber schwieg und war betrübt, weil er dem Einsiedler diesen Wunsch nicht erfüllen konnte. Beim besten Willen war es ihm nicht möglich, wahre Reue zu fühlen. Und anlügen mochte er seinen verehrten Freund erst recht nicht. Was er getan hatte, das hatte er eben getan. Wenn er dafür von Gott verdammt war, so war es ihm auch recht.

Die Geduld und Güte des Eremiten waren ebenso groß wie die Hartnäckigkeit und Unbelehrbarkeit seines Schülers. Nur im inbrünstigen Gebet beklagte sich der

Alte manchmal bei Gott und bat ihn, doch ein Wunder zu tun, um die Verstocktheit des armen Sünders zu brechen und die Nacht seines Geistes zu erleuchten. Doch entweder war diese Aufgabe selbst für Gott unlösbar, oder er hatte den Namen des verlorenen Sohnes schon längst aus dem Buch derer, die zum ewigen Leben bestimmt sind, gestrichen. Beide Möglichkeiten erfüllten das Herz des frommen Mannes gleichermaßen mit Kummer. Aber dann geschah etwas, das ihn tröstete und alles änderte. Es hing zwar nicht mit seinem ungeratenen Schüler zusammen, sondern mit dem Traum jener ersten Nacht in der Höhle und dem Versprechen, das ihm darin gegeben worden war.

Als der Räuber den Einsiedler das nächste Mal besuchen kam, erklärte ihm der: »Du darfst von nun an nie mehr in der Nacht des Vollmondes hierher kommen, lieber Sohn. Das mußt du mir versprechen.«

»Schon gut«, sagte der Räuber, »aber warum?«

»Ich bin großer Gnade gewürdigt worden«, antwortete der Einsiedler, »doch dein Verstand ist zu verblendet, als daß ich dir das Geheimnis anvertrauen könnte. Darum frage mich nicht weiter.«

»Das seh ich ein«, sagte der Räuber und nickte.

Danach sprachen sie von anderen Dingen, der Eremit lehrte und der Räuber hörte zu wie immer. Erst als sie sich trennten, erinnerte der Lehrer den Schüler noch einmal ernst an das gegebene Versprechen, ihn in keiner Vollmondnacht mehr zu besuchen, und fügte hinzu: »Ich hoffe, du wirst dein Wort nicht brechen, sonst wirst du großes Unheil anrichten — und das hast du doch schon genug getan, lieber Sohn.«

»Keine Sorge!« sagte der Räuber und ging.

Lange Zeit verlief das Leben der beiden wie bisher. Doch wenn der Räuber auch als Schüler der heiligen Lehre nicht viel taugte, so hatte er immerhin eine Fähigkeit, die für ein Leben, wie er es führte, unerläßlich ist, nämlich eine Beobachtungsgabe, der auch scheinbar unwichtige Kleinigkeiten nicht entgehen. So bemerkte er, daß der Einsiedler sich nach und nach veränderte. Nicht

 äußerlich zunächst, sein Aussehen, sein Verhalten waren wie früher, und doch spürte der Räuber, daß der verehrte Lehrer ihm innerlich ferner rückte. Immer seltener forderte er ihn auf, sich zu bessern. Seine Belehrungen wurden weniger eindringlich. Statt dessen schwieg er oft, und in seinen Augen glomm ein neuer Glanz, eine unruhige kleine Flamme.

Der Räuber ging jedesmal verwirrter von ihm fort und wußte nicht, wie er diese Veränderung deuten sollte. Er zerbrach sich den Kopf darüber, womit er den Eremiten verärgert oder ob er gar dessen Geduld durch seine eigene Halsstarrigkeit nun doch endlich erschöpft habe. Aber dann sagte er sich wieder, daß es sich da gewiß um etwas Wichtigeres als ihn handeln mußte, um etwas, das mit dem strengen Verbot zusammenhing, auf das er sich keinen Reim machen konnte. All das beunruhigte ihn, doch mochte er nicht fragen. Er wartete, ob der Einsiedler von sich aus sprechen würde, und dem entging die wortlose Frage im Gesicht seines Schülers nicht. Aber es vergingen sieben Monate, ehe der Einsiedler sich entschloß, dem Räuber sein Geheimnis anzuvertrauen.

»Nicht um dich zu strafen, wie du vielleicht geglaubt hast, lieber Sohn«, sagte er, »habe ich dir das Versprechen abgenommen, mich in den Vollmondnächten nicht mehr aufzusuchen. Vielmehr ist etwas sehr Wunderbares geschehen, und es geschieht immer noch. Du mußt wissen, lieber Sohn, daß der Erzengel Gabriel im Reich der himmlischen Geister der Fürst des Mondes ist. Und eben in jeder Vollmondnacht steigt der Erzengel Gabriel vom Himmel nieder und kommt hierher.«

»Da soll mich doch der ...« stammelte der Räuber mit runden Augen und hielt gerade noch rechtzeitig in seinem Fluch inne. Dann fragte er atemlos: »Wie sieht er aus?«

»Schöner und erhabener, als alle Worte es zu schildern vermögen. Er fährt auf einem Wagen, der von Greifen gezogen wird. In der Hand trägt er die Lilie, das Zeichen der fleckenlosen Liebe und Reinheit. Er kommt von dort her über den Wald durch die Luft gefahren,

denn für seinen Wagen ist das Mondlicht wie eine feste Straße.«

»Und was tut er hier?« wollte der Räuber wissen.

»Anfangs fuhr er vorüber, denn ich lag mit dem Gesicht im Staub, deshalb sah er mich nicht. Aber in der nächsten Vollmondnacht kam er wieder. Das war, nachdem ich dir verboten hatte, mich zu besuchen. Diesmal sah er mich und hielt an und sagte mir, er habe mich gesucht. Denk dir nur, mich, den armen, unwürdigen Gottesknecht! Ich durfte die Stimme hören, die einst zur jungfräulichen Mutter unseres Herrn das erste Ave Maria sprach.«

Der Räuber nickte nachdenklich und schwieg eine Weile. »Wenn ich einen kenne, der's verdient hat«, meinte er dann, »bist du das. Was hat er noch gesagt?«

Der Einsiedler schluckte ein paarmal, senkte den Blick zu Boden und flüsterte fast unhörbar: »Er hat mir verkündet, daß der Herr selbst mich bald aufsuchen will.«

Nachdem er das gesagt hatte, errötete er zuerst über und über und wurde dann totenbleich.

Der Räuber blickte ihn voll Bewunderung an und brummte: »Das ist mir mal eine Botschaft, gottverdammich noch mal!«

Der Eremit warf seinem Schüler einen schmerzerfüllten Blick zu und erwiderte: »Ach, mein lieber Sohn, wenn du doch wenigstens das Fluchen seinlassen wolltest! Aber da siehst du nun selbst, warum ich dir verbieten mußte, in den Vollmondnächten hierherzukommen. Denk dir nur, was geschehen könnte!«

Wieder nickte der Räuber und sagte: »Das ist klar, daß das nicht geht.«

Bei ihren nächsten Begegnungen kam der Einsiedler nicht mehr auf das wunderbare Ereignis zu sprechen, und der Räuber respektierte das Schweigen seines Leh-

rers. Aber schließlich konnte er es doch nicht mehr aushalten und fragte stockend: »Der Besuch, du weißt schon, ist er inzwischen wiedergekommen?«

»Er kommt immer wieder«, antwortete der Eremit ein wenig abweisend.

»Hör mal«, fuhr der Räuber fort und sprach unwillkürlich leiser, als ob er vermeiden wollte, daß ein Dritter es höre, »und wenn ich mich verstecke und stillhalte, was meinst du? Ob ich dann nicht auch mal zuschauen könnte? Ich kann mich verdammt gut verstecken.«

Das Gesicht des alten Einsiedlers wurde streng. »Glaubst du, ich will den Erzengel betrügen? Wenn er sich dir offenbaren wollte, so wüßte er den Weg zu dir zu finden! Ich bezweifle allerdings, daß du seine Anwesenheit überhaupt wahrnehmen würdest, so verblendet wie du bist. Ja, ich bin sicher, daß deine Augen für eine solche himmlische Erscheinung blind sind. Also vergiß deinen frevelhaften Wunsch, mein Sohn. Wir wollen nie wieder davon reden.«

Diese Worte machten einen tiefen Eindruck auf den Räuber. Noch nie bisher hatte der Einsiedler so hart mit ihm geredet. Doch nicht die besondere Härte war es, die ihn von der Richtigkeit des Gesagten überzeugte, sondern die Wahrheit, die ihm dabei zum ersten Mal aufging: Heiliges konnte selbstverständlich nur von Heiligen gesehen werden. Das war sonnenklar.

Mit dieser Einsicht hätte der Räuber sich sicherlich zufrieden gegeben, wenn er nicht etwas bemerkt hätte, das ihm von neuem zu denken gab. Seit einer Weile schon kamen keine Tiere mehr zur Höhle des Einsiedlers. Wenn sich doch einmal eines in die Umgebung verirrte, so floh es, sobald er sich näherte. Und dann geschah es eines Tages, daß ein Habicht ganz nahe vor dem Höhleneingang, in dem der Einsiedler in tiefer Versenkung saß, ein Hasenjunges schlug.

Der Räuber berichtete dem Einsiedler nichts von seinen Beobachtungen, und der seinerseits schien nichts davon zu bemerken. Doch der Schüler begann, sich Sorgen um seinen Lehrer zu machen. Er fühlte dumpf, daß da irgend etwas Ungutes mit dem heiligen Mann vorging, und das wollte er nicht zulassen. Er hatte zum ersten Mal in seinem Leben einen Freund gefunden, und er wollte ihn schützen gegen wen auch immer, sogar gegen einen Erzengel, falls es an dem liegen sollte.

Als die nächste Vollmondnacht herankam, stand sein Entschluß fest. Bei Einbruch der Dunkelheit nahm er wie immer seinen Bogen und seine Pfeile und schlich – trotz des gegebenen Wortes – lautlos durch den Wald zur Höhle. Er näherte sich ihr diesmal von einer anderen Seite als sonst, versteckte sich im Gebüsch und wartete ab, was geschehen würde.

Groß und feierlich erhob sich soeben der Vollmond über die Wipfel der Bäume und tauchte die Welt in silbernes Licht. Ein sanfter Wind strich durch das Laub und brachte einen fremden, betäubend süßen Duft mit sich. Die Grillen zirpten nah und fern. Irgendwo im Wald schrie ein Käuzchen, und ein anderes antwortete. Dann wurde es plötzlich sehr still, sogar der Wind hielt inne, und in dem vollkommenen Schweigen, das sich ausbreitet, erschien von fern über den Baumwipfeln ein Leuchten, eine silberflimmernde Lichtwolke, sehr klein zuerst, doch rasch immer größer werdend, aber nicht so, als ob sie näher käme, sondern auf eine unerklärliche Art raumlos, wie aus einer anderen Welt hereingespiegelt.

Die Erscheinung wuchs und wuchs und stand schließ-

lich vor der Höhle still, wenige Fuß hoch über dem Boden. Das Licht in der Wolke zog hin und her und formte sich zu Gestalten. Erst waren die beiden Greife zu erkennen, große, schwingentragende Geschöpfe mit den Köpfen von Adlern und den Leibern von Löwen. Ihre Augen und Klauen leuchteten rubinrot, ihre Flügel färbten sich tiefblau. Dann sah man den Wagen, den sie zogen. Er schien ganz aus klarem Saphir zu bestehen. In diesem Wagen stand eine Gestalt, die sanft und doch mächtig leuchtete. Ihr Gewand war zart und weiß wie frisch gefallener Schnee. Auf dem Rücken trug sie riesenhafte Fittiche, die ausgespreitet waren und in allen Farben vom zarten Violett des Amethysts bis zum eisigen Blau des Aquamarins glühten. Die Lilie, die die Erscheinung in der Hand trug, verbreitete einen Glanz, der den vollen Mond dunkel erscheinen ließ.

Der Einsiedler war auf seine Knie gefallen, nun verneigte er sich bis zum Boden und verharrte so, die Stirn auf der Erde. Der Räuber aber, welcher die Ankunft des überirdischen Besuchers zu Anfang mit offenem Mund beobachtet hatte, schüttelte die Betäubung, die ihn erfassen wollte, von sich ab. Er war jetzt ganz sicher, daß da irgend etwas nicht stimmte. Er hörte, wie die Erscheinung zu dem Einsiedler sprach und dieser antwortete, doch vermochte er keines der Worte auffassen. Langsam legte er einen Pfeil auf die Sehne seines Bogens, zielte sorgfältig und schoß.

Der Pfeil zischte durch die Luft und fuhr der zarten, leuchtenden Gestalt quer durch die Kehle, wo er steckenblieb.

Die Erscheinung schwankte und griff mit beiden Händen nach ihrem Hals. Die Greife brüllten, und ihre Stimmen waren furchtbar. Sie bäumten sich auf, schlugen wild mit den Schwingen und rasten, den Wagen hinter sich herziehend, durch die Luft davon. Fern hörte man sie prasselnd in das Waldesdickicht einbrechen. Der Lichtschein flammte noch einmal rot auf, zuckte und erlosch.

Der Einsiedler war beim Schwirren des Pfeils emporgefahren und hatte das Geschehen mit Entsetzen verfolgt. Er wandte sich um und erblickte den Räuber, der aus seinem Versteck getreten war.

»Höllenkind!« heulte der heilige Mann außer sich, und Tränen stürzten ihm über seine ausgezehrten Wangen, »unseliger, wortbrüchiger Teufel, was hast du getan! Waren dir all deine Sünden noch nicht genug? Mußtest du auch diese noch begehen, um der ewigen Verdammnis ganz sicher zu sein?«

»Sachte, alter Freund!« sagte der Räuber beschwichtigend. »Das da war nicht der Erzengel Gabriel.«

»Hochmut und Anmaßung!« schrie der Eremit zurück, »du Ausgeburt der Finsternis und der Verblendung, wie willst du so hohe Dinge unterscheiden können? So dankst du mir all die Mühe, die ich mir um dein Seelenheil gemacht habe? Undank und Hochmut waren es, die Luzifer in den Abgrund gestürzt haben, und du bist ihm gleich! Geh fort! Hebe dich von mir, Satan, und tritt mir nie wieder vor die Augen!«

»Hör mal«, sagte der Räuber, »eh' du mich so rundherum und für immer zum Teufel schickst, komm lieber mit und laß uns mal nachsehen!«

Der Alte stöhnte und schlug die Hände vors Gesicht, aber er wehrte sich nicht dagegen, daß der Räuber ihn aufhob und wie ein Kind in den Wald hineintrug.

Der Räuber konnte die Blutspur im hellen Mondschein ohne Mühe sehen und folgte ihr. Er mußte nicht lange suchen. Unter einem Weißdornstrauch fand er einen toten Dachs, dem der Pfeil quer durch den Hals steckte. Sonst war da nichts, kein saphirener Wagen, keine Greife, keine Lilie.

»Siehst du?« sagte der Räuber und lachte gutmütig, »du hast mir selbst gesagt, daß es böse Geister gibt, die in die Leiber mancher Tiere fahren und allerhand Unsinn treiben. Das war einer. Weiß der Henker, wo er jetzt hin ist.«

Lange Zeit starrte der alte Eremit schweigend auf den toten Dachs. Endlich flüsterte er: »Aber du, wie konntest du das wissen, lieber Sohn, da sogar ich das Blendwerk nicht durchschaut habe?«

»Das war einfach«, antwortete der Räuber, »du hast mir gesagt, daß Heiliges nur von Heiligen geschaut werden kann. Wenn also du, der du ein weiser Mensch bist und ein heiligmäßiges Leben führst, den Erzengel Gabriel zu sehen bekommst, dann ist das ganz in Ordnung. Aber ich, der ich ein Sünder und ein Dummkopf bin, ich habe ihn genau gesehen wie du. Und da sagte ich mir, daß an der Sache was faul ist. Deshalb hab ich geschossen.«

Danach schwieg der Einsiedler lange Zeit. Er stand im Schatten, und der Räuber konnte sein Gesicht nicht sehen, doch hörte er, daß sein Lehrer leise schluchzte.

»Was ist los?« fragte er besorgt.

Der Einsiedler flüsterte: »Ich schäme mich.«

Der Räuber war verwundert. »Warum denn?«

»Ich habe mir eingebildet, deine Seele retten zu müssen«, antwortete der Einsiedler, »und nun hast du statt dessen die meine gerettet. Das Versprechen aus dem Traum, den ich einst hatte, ist mir erfüllt worden, aber ganz anders, als ich es erwartet habe. Durch dich. Verstehst du das?«

»Nein«, sagte der Räuber wahrheitsgemäß, »ich versteh kein Wort.«

»Das macht nichts«, meinte der Einsiedler, wischte sich die Tränen ab und begann zu lächeln, »ich sehe jedenfalls, daß ich ganz von vorn beginnen muß. Ich möchte von dir lernen. Komm, gehen wir zurück.«

FINIS

MICHAEL ENDE wurde 1929 als Sohn des surrealistischen Malers Edgar Ende in Garmisch-Partenkirchen geboren. Nach dem Krieg besuchte er die Schauspieler Schule *Otto Falckenberg* und wurde nach der erfolgreich abgeschlossenen Ausbildung Schauspieler in der Provinz. Später lebte er als freier Schauspieler in München. *Jim Knopf und Lukas der Lokomotivführer*, sein erstes Jugendbuch, bekam 1961 den Deutschen Jugendbuchpreis und machte Ende mit einem Schlag bekannt. Von 1971 bis 1985 wohnte Michael Ende in den Albaner Bergen südlich von Rom, dort entstanden *Momo* (Deutscher Jugendbuchpreis 1974), *Die unendliche Geschichte*, Bücher die in aller Welt gelesen werden. Nach München zurückgekehrt schrieb er 1989 das Buch *Der Wunschpunsch*, ein ökologisches Märchen für Kinder und Erwachsene.

Leser aus über dreißig Ländern lieben die Bücher von Michael Ende. In einer nüchternen, seelenlosen Zeit hat er die fast verlorengegangenen Reiche des Phantastischen und der Träume zurückgewonnen. Für sein literarisches Werk erhielt er in verschiedenen Ländern zahlreiche internationale Literaturpreise. Seine Werke sind inzwischen in mehr als dreißig Sprachen übersetzt und haben eine Gesamtauflage von über sechs Millionen Exemplaren.

Neben seinen zahlreichen Büchern für Kinder sind für die großen Leser u.a. erschienen: *Das Gauklermärchen. Ein Spiel in sieben Bildern; Der Goggolori. Eine bairische Mär; Die Jagd nach dem Schlarg; Die Spielverderber oder Das Erbe der Narren; Der Spiegel im Spiegel. Ein Labyrinth; Trödelmarkt der Träume. Mitternachtslieder und leise Balladen; Das Gefängnis der Freiheit. Erzählungen* und *Der Rattenfänger. Ein Hamelner Totentanz*.

BINETTE SCHROEDER zählt zu den international bekannten deutschen Kinderbuchillustratoren. Einige ihrer Bücher wurden in bis zu siebzehn verschiedene Sprachen übersetzt und mit zahlreichen Preisen ausgezeichnet.
Ihre Bilder führen den Betrachter in eine Welt der Imagination und berühren dabei trotz aller naturalistischen Präzision des Dargestellten das Reich des Traums und des Unterbewußten, des Irrealen und Surrealistischen. Sie muten vertraut an und befremden, sie reißen mit und irritieren. Ihre Bilderwelt ist für den, der sie betritt, ein Neuland, das es mit dem Auge zu entdecken gilt, faszinierend, ungewohnt und mitunter auch ein wenig unheimlich.

Die 1939 in Hamburg geborene Künstlerin lebt seit vielen Jahren in München. Ihre grafische Ausbildung, u.a. auch in Typographie, Lithographie und Photographie, erhielt Sie 1962 bis 1967 an der Allgemeinen Gewerbeschule in Basel, deren Lehrprinzipien denen des Bauhauses ähnlich sind. Ihre ersten 1970 und 1971 erschienenen Bücher *Lupinchen* und *Florian und Traktor Max* machten sie mit einem Schlag bekannt und haben ihr einen seither zunehmend wachsenden Leserkreis geschaffen.

Bei Thienemann erschien *Lelebum, Die Schattennähmaschine* mit Gedichten von Michael Ende, *Die Schöne und das Tier* sowie die Bücher von *Tuffa* für Kleinkinder. Im Weitbrecht Verlag erschien *Das Träumende Haus* mit Gedichten von Peter Nickl.

DIE DEUTSCHE BIBLIOTHEK -
CIP-EINHEITSAUFNAHME
DIE VOLLMONDLEGENDE/
MICHAEL ENDE; BINETTE SCHROEDER. -
STUTTGART; WIEN: WEITBRECHT, 1993
ISBN 3 522 71460 1
NE: ENDE, MICHAEL; SCHROEDER, BINETTE

DIE GESAMTGESTALTUNG BESORGTE
BINETTE SCHROEDER, GRÄFELFING.
GESETZT IN DER 16 PUNKT BEMBO KURSIV
VON KCS GMBH, BUCHHOLZ/HAMBURG.
LITHOGRAPHIE VON REPROTEAM G. & J. SIEFERT, ULM.
GEDRUCKT VON AUMÜLLER, REGENSBURG.
GEBUNDEN VON HOLLMANN, DARMSTADT.
PRINTED IN GERMANY.

5 4 3 2